Dieses Buch gehört

Amelie

Büchersterne

Liebe Eltern,

Lesenlernen ist eine Meisterleistung. Es gelingt nur Schritt für Schritt. Unsere Erstlesebücher in drei Lesestufen unterstützen Ihr Kind dabei optimal. In den Büchern für die 1./2. Klasse erleichtern kurze Sinnabschnitte das Lesen, und viele Bilder unterstützen das Leseverstehen. Mit beliebten Kinderbuchfiguren von bekannten Autorinnen und Autoren macht das Lesenlernen Spaß. 16 Seiten Leserätsel im Buch laden zu einer spielerischen Auseinandersetzung mit dem Text ein. So werden aus Leseanfängern Leseprofis!

Manfred Wespel

Prof. Dr. Manfred Wespel

PS: Weitere Übungen, Rätsel und Spiele gibt es auf www.LunaLeseprofi.de. Den Schlüssel zu Lunas Welt finden Sie auf Seite 55.

Büchersterne – damit das Lesenlernen Spaß macht!

www.buechersterne.de

Mit Büchersterne-Rätselwelt

Cornelia Funke

Dicke Freundinnen

Bilder von
Franziska Harvey

Verlag Friedrich Oetinger · Hamburg

Inhalt

Sofie und Ida

Sofie und Ida
waren dicke Freundinnen.
Sie wohnten im selben Haus,
und in der Schule
saßen sie nebeneinander.

Sofie war die Patentante
von Idas Meerschweinen.

Und Ida durfte
den Grabstein aussuchen,
als Sofies Wellensittich
tot von der Stange fiel.

6

Und einmal,
als der Riesenhund vom Hausmeister
Ida anbellte,
stellte Sofie sich dazwischen,
obwohl sie Gummi-Knie kriegte.

Und Ida verhaute
den wilden Philipp,
als er Sofie
an den Haaren festhielt
und sie küssen wollte.

„Wir sind nämlich
die allerdicksten Freundinnen
von der Welt",
sagte Ida.

Und Sofie meinte:
„Die allerdicksten im Weltraum!"

Belinda

Aber dann hielt
an einem grauen Freitag
ein Umzugslaster vor dem Haus
und heraus kletterte Belinda.

Am Freitag zog Belinda ein.
Und am Samstag saß sie
mit ihrem Kater
unten im Hof auf der Schaukel.
Ida und Sofie blieb nur
das Baby-Klettergerüst.

„Kann die ihren doofen Kater
nicht woanders kraulen?",
flüsterte Ida.

Aber Sofie antwortete nicht.
Sofie guckte Belinda an.

„Katzen sind noch viel weicher
als Meerschweine",
murmelte sie.
„Stimmt gar nicht", zischte Ida.
„Außerdem fressen sie Vögel."
„Nein, der bestimmt nicht",
sagte Sofie. „Mann, sieht der
niedlich aus!"

Aber Ida fand,
dass der Kater aussah wie ein
ganz schlimmer Vogelfresser.

„Und guck mal, ihre Schuhe",
flüsterte Sofie.

14

„Wie die glitzern!
Ob das dadrauf
echte Diamanten sind?"

„Pah, spinnst du?",
sagte Ida ganz laut.
„Mit solchen Schuhen
kann man bloß rumsitzen
wie Prinzessin Zimperblöd."

Da setzte Belinda
ihren Kater auf die Erde
und kletterte schnell wie ein Affe
am Schaukelgerüst rauf,
ohne dass ein einziger Diamant
von ihren Schuhen abging.

„Passt mal einer auf,
dass der Kater nicht wegläuft?",
rief sie von oben runter.

Sofie schoss los
und nahm den Kater
auf den Arm,
obwohl er sie anfauchte.

„Sofie!
Wir wollen den Meerschweinen
doch ein Klo bauen", rief Ida.

Aber Sofie kraulte den Kater.
Und Belinda hing oben
an der Stange
und baumelte mit den Beinen.

18

Ganz dicke Freundinnen

Am Sonntagmorgen regnete es
und Belinda fuhr
mit ihren Eltern weg.

Im Hof war alles klitschnass.
Aber Ida und Sofie
spielten Pfützenhüpfen
und Tropfen mit der Zunge auffangen.

Als es aufhörte zu regnen,
kam der wilde Philipp runter
mit seiner neuen Wasserpistole.

„Die schießt ellenweit",
sagte er.
„Und stundenlang.
Willst du mal versuchen, Sofie?"

„Nee", sagte Sofie.
Und Ida meinte:
„Du kannst doch
sowieso nicht zielen."
„Wetten?", sagte Philipp
und spritzte Sofie
mitten ins Gesicht.

Da haute Ida ihm
so fest auf die Nase,
dass er rauf
zu seiner Oma rannte.

Sofie strahlte
wie tausend Wunderkerzen.

„Danke!", sagte sie.
Dann riss sie sich
drei Haare aus
und schenkte sie Ida.

So was tun nur
ganz dicke Freundinnen.

Iiih!

Doch als Ida nachmittags
mit Sofie Sticker tauschen wollte,
saß die mit der Glitzer-Belinda
in ihrem Zimmer.
„Guck mal", sagte Sofie
und hielt Ida
ihr Ohrläppchen unter die Nase.
„Magnet-Ohrringe von Belinda."

Belinda grinste Ida so breit an,
dass man ihre Zahnspange
sehen konnte.
„Willst du auch einen?",
fragte sie.
„Ich hab noch Herzen und Sterne."

„Nee", sagte Ida.
Sie warf Sofie
ihren allerbösesten Blick zu.

Dann drehte sie sich um
und knallte die Wohnungstür
hinter sich zu.
Ida setzte sich unten in den Hof
auf die Schaukel,
obwohl es schon wieder regnete.

Dann versuchte sie,
am Schaukelgerüst hochzuklettern,
genau wie Belinda.

Aber sie rutschte ab
und schlug sich das Knie blutig.
Heulend hockte sie sich
auf den Sandkasten-Rand.

Ausgerechnet da kam Sofie runter.
„Iiih!", sagte sie
und tupfte mit ihrem Rock
das Blut von Idas Knie.

„Belinda und ich
spielen Prinzessin", erzählte sie.
„Willst du mitmachen?
Du kannst der Froschkönig sein.
Belinda hat ein super Froschkostüm."

„Ich will aber nicht
der Frosch sein!",
schrie Ida.

Und sie schubste Sofie
so fest weg,
dass sie in
einer Pfütze landete.

Drei Tage unglücklich sein

Drei Tage sprachen Ida und Sofie
nicht miteinander,
nicht mal in der Schule.
Ida war so unglücklich,
dass sie sich dauernd verrechnete.
Unglücklich sein
macht nämlich dumm.

Zu Hause spielten
Belinda und Sofie
mit dem doofen Kater
„Tiger im Urwald".
Sogar Sofies kleine Schwester
durfte als Affenbaby mitspielen.

Als Ida im Hof
Löwenzahn für die Meerschweine
suchen musste,
kam Belinda zu ihr.

„Wir brauchen noch ein Krokodil",
sagte sie.
„Und dein süßer kleiner Bruder,
der wäre ein Spitzen-Affe."

Aber Ida sagte nur: „Nee."
Sie drehte sich um
und ging weg.

Der wilde Philipp

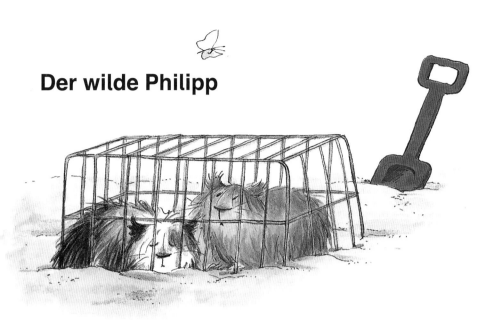

Zwei Tage später passierte es.
Ida saß mit ihren Meerschweinen
im Sandkasten
und baute ihnen ein Schwimmbad.

Sie hatte das Käfiggitter
über sie gestülpt,
damit sie nicht wegliefen
oder von Belindas fiesem Kater
gefressen wurden.

Da schlich sich der wilde Philipp
von hinten an Ida ran
und packte sie.
„Meine Nase ist noch ganz platt!",
knurrte er in Idas Ohr.
„Jetzt gibt's Rache."

Ida trat und kratzte,
aber Philipp konnte festhalten
wie ein Gorilla.

Da kam jemand angerannt,
mit wehenden Haaren
und glitzernden Schuhen.

„Na warte, du Mädchenquäler!",
brüllte Belinda.

Sie packte Philipp an seinen Ohren.
Und als er Ida da
immer noch nicht losließ,
trat Belinda ihm fest
auf den Fuß.

Da hatte er
keine Gorilla-Arme mehr.
Da brüllte er wie einer.
Er ließ Ida los
und hüpfte auf einem Bein davon.

„Alles in Ordnung?",
fragte Belinda.
Ida nickte. Knallrot wurde sie.
So sehr schämte sie sich.
Aber glücklich war sie auch.

Sofie kam
und staunte die Quetsch-Flecken
auf Idas Arm an.
Und Belinda
packte nassen Sand drauf,
damit sie nicht mehr wehtaten.

Und als Philipp
Belinda zur Versöhnung
dreimal küssen wollte,
da zählten Ida und Sofie
ganz genau mit.

38

Denn so was tun
dicke Freundinnen füreinander.
Und sie waren
ganz, ganz dicke Freundinnen –
die dicksten Freundinnen
von der Welt.
„Ach was", sagte Belinda.
„Vom ganzen Weltraum."

Willkommen in der

Büchersterne ⭐

Rätselwelt

**Komm
auch in meine
Lesewelt im Internet.**

www.LunaLeseprofi.de

**Dort gibt es noch mehr
spannende Spiele
und Rätsel!**

Büchersterne-Rätselwelt

Hallo,
ich bin Luna Leseprofi und
ein echter Rätselfan!
Zusammen mit den kleinen
Büchersternen ⭐ habe ich mir
tolle Rätsel und spannende
Spiele für dich ausgedacht.

Viel Spaß dabei wünscht

Luna Leseprofi

Lösungen
auf Seite
56–57

Bild-salat

Kannst du die Bilder den richtigen Sätzen zuordnen?

 Sofie war die Patentante von Idas Meerschweinen.

 Belinda kletterte schnell wie ein Affe am Schaukelgerüst rauf.

 Sofie landete in einer Pfütze.

 Philipp hüpfte auf einem Bein davon.

**Hier sind die Wörter
durcheinandergeraten.
Kannst du sie ordnen?**

n r n
u d i
e F

_____ e _____

e r
t
a K

_____ _____

n
i e a
d l B

_ _ _ _ _ _ _ _

Welche Farbe hat ...

 Idas Haar? _____

 Sofies Haar? _____

 Belindas Kater? _____

 Philipps Wasserpistole?

_____

Hast du gut aufgepasst und kannst dich an alle Farben erinnern?

Farben-Rätsel

Was steht denn hier?
Löse die rätselhafte
Geheimschrift!

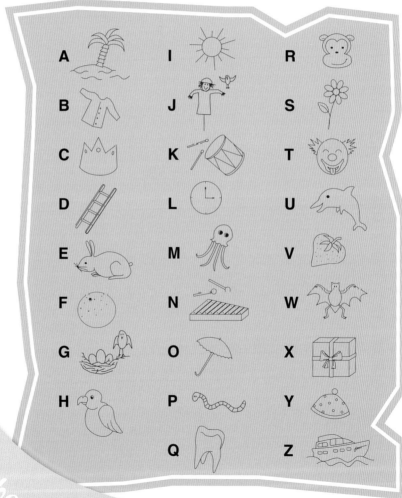

Büchersterne

 REGEN

**Findest du den Weg
durch das Buch?**

Starte auf Seite 10!

Zähle die Blumen
auf dem Koffer.
Gehe so viele
Seiten weiter.

Wie viele Zacken hat die Krone?
Blättere so viele Seiten weiter.

Zähle die Zeilen und gehe
so viele Seiten weiter.

Was steckt neben dem Eimer?
Gehe zur nächsten Seite mit
diesem Gegenstand.

Wie oft findest du die
Buchstaben „ü" und „ä"?
So viele Seiten geht es weiter.

Bist du bei uns angekommen?

Im unteren Bild sind 5 Fehler. Kannst du sie alle finden?

Büchersterne

A
B
C

Wen bespritzt Philipp mit der Wasserpistole?

Woll-Wirrwarr

Spiel für zwei!
Wer von euch kann Philipp zuerst verjagen?

Ihr braucht:

1	Würfel
2	Spielfiguren
7	Kieselsteine

Würfelt abwechselnd!
Kommt ihr auf ein PHILIPP-FELD?
Dann legt unten einen Kiesel ab.
Der siebte Kiesel gewinnt!

Sofie und Ida wohnten im selben

☐ ☐ ☐ ☐

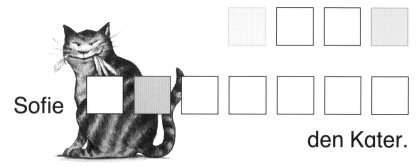

Sofie ☐ ☐ ☐ ☐ ☐ ☐ ☐

den Kater.

Ida setzte sich in den Hof auf die

☐ ☐ ☐ ☐ ☐ ☐ ☐ ☐

Lunas Rätselwelt

Luna Leseprofi

Sofie tupfte das Blut mit ihrem

□ ■ □ □

von Idas Knie.

Belinda trat
Philipp auf den □ □ □

LÖSUNGSWORT:

□ □ □ □ □ □

**Mit dem LÖSUNGSWORT gelangst
du in meine Lesewelt im Internet:**
www.LunaLeseprofi.de
**Dort warten noch mehr spannende
Spiele und Rätsel auf dich!**

Seite 50 · Fehlerbild

Seite 51 · Woll-Wirrwarr
Weg C: Philipp bespritzt Sofie mit der Wasserpistole.

Seite 54-55 · Luna Leseprofi
Gib dein Lösungswort im Internet unter
www.LunaLeseprofi.de ein. Wenn sich eine
Lesemission öffnet, hast du das Rätsel
richtig gelöst.

Alle Rätsel gelöst?
Hier findest du die
richtigen Antworten.

Rätsel-
Lösungen

Seite 42-43 · Bildsalat
Sofie war die Patentante von Idas
Meerschweinen. = Bild 3
Belinda kletterte schnell wie ein Affe am
Schaukelgerüst rauf. = Bild 4
Sofie landete in einer Pfütze. = Bild 2
Philipp hüpfte auf einem Bein davon. = Bild 1

Seite 44 · Wortsalat
Freundin, Kater, Belinda

Seite 45 · Farben-Rätsel
Idas Haar ist braun.
Sofies Haar ist blond.
Belindas Kater ist grau gestreift.
Philipps Wasserpistole ist rot, gelb und blau.

Seite 46-47 · Geheimschrift
Regen, Spiel, Sofie, Zunge, Tropfen

Seite 48-49 · Lese-Rallye
5 Blumen / S. 15
5 Zacken / S. 20
7 Zeilen / S. 27
Schaufel / S. 33
Zweimal „ü" und zweimal „ä" / S. 37

Muffel-furz-gut!
Lesespaß mit den Olchis!

Das didaktische Konzept zu **Büchersterne**
wurde mit Prof. Dr. Manfred Wespel, Pädagogische Hochschule
Schwäbisch Gmünd, entwickelt.

Beim Druck dieses Produkts wurde durch
den innovativen Einsatz der Kraft-Wärme-Kopplung
im Vergleich zum herkömmlichen
Energieeinsatz bis zu 52 % weniger CO_2 emittiert.

MIX
Papier aus verantwor-
tungsvollen Quellen
FSC® C011124

Überarbeitete Neuausgabe

© Verlag Friedrich Oetinger GmbH, Hamburg 1998, 2013
Alle Rechte vorbehalten
Titelbild und farbige Illustrationen von Franziska Harvey
Einband- und Reihengestaltung von Manuela Gerdes,
unter Verwendung der Sternvignetten von Heike Vogel
Reproduktion: Domino Medienservice GmbH, Lübeck
Druck und Bindung: Mohn Media GmbH, Gütersloh
Printed 2013
ISBN 978-3-7891-2364-1

www.corneliafunke.de
www.oetinger.de
www.buechersterne.de